J. DES GRAVIERS

A PROPOS
DE
TUE LA — TU L'ES
PAS D'ARGENT, PAS DE......,
ETC.

PARIS
HENRY SALBAT, ÉDITEUR
129, rue de Sèvres.

J. DES GRAVIERS

A PROPOS
DE
TUE LA — TU L'ES
PAS D'ARGENT, PAS DE......,

ETC.

PARIS
HENRY SALBAT, ÉDITEUR
129, rue de Sèvres.

I

Ah! pourquoi tant de haine et d'implacable rage,
Fauteurs de la Commune, envers le mariage!
Serait-ce, par hasard, que ne croyant à rien
Vous avez en horreur la morale et le bien!
Serait-ce que l'hymen, frein juste et nécessaire,
Paraît à la Commune un trop rude adversaire!
Quel atroce gâchis ne verrait-on surgir
Lorsque les passions seules viendraient régir,
Gouverner ou régler les unions furtives
Du pauvre genre humain! Les tristes fugitives

De la loi nuptiale auraient vite à pleurer
La voie où l'on voudrait ainsi les égarer ;
Elles pâtiraient fort! Eh! qui donc veut prétendre
Que dans le mariage il nous faut tout défendre?
Saint Paul n'a-t-il pas dit : « Chrétiens, vous ferez bien
Entraînés par le cœur de former doux lien ;
Mais si de résister vous vous sentez la force
Vous ferez mieux encor de fuir la douce amorce. »

Il est plus d'un abus qu'il faudrait réformer,
Mais à certaines lois il faut se conformer ;
Les chaînes de l'hymen sont de rose et d'épine ;
Qui s'y frotte s'y pique, une blanche aubépine
Fût-elle la couronne ornant en son beau jour
La jeune mariée..... A nos rêves d'amour
Si beaux quand on est jeune et chers à la vieillesse,
Depuis des milliers d'ans conservant leur ivresse,
Se mélangent toujours quelques déceptions :
Ils gardent cependant douces illusions

Et malgré ses tourments l'amour en ce bas monde
Aujourd'hui comme hier nous enserre à la ronde.

Quoi ! pauvres égarés, malheureux communeux,
Tout ce qui touche à Dieu vous paraît odieux !
Livrés aux passions, affamés de tapage
Vous ne sauriez souffrir les lois du mariage !
Que pourrait-on gagner à vous parler bon sens,
Le bonheur est pour vous de vivre à ses dépens !
La vanité, l'orgueil et l'effroyable envie,
L'aveugle ambition, le vin et l'eau-de-vie,
La débauche et le sang vous aveugleraient-ils
Vous, les fils de Satan dans le mal si subtils,
Au point de ne pas voir que du Diable lui-même
Le mariage est né, quand par son stratagème
Sous la peau du serpent il vint soumettre Adam
A la femme perfide et d'un triste roman
Lui donner l'avant-goût : eh, quoi ! la femme libre !
Est le mot aujourd'hui qui résonne, qui vibre

Dans vos clubs, vos écrits! c'est à faire rêver
Et troubler la cervelle à qui voudrait trouver
Un homme étant le maître et la femme l'esclave
En liens nuptiaux : vraiment dans cette enclave
Mariage appelée, un homme est tout-puissant?
Et la femme timide un être obéissant!?
Le prêtre un jour le dit : « Tu dois obéissance,
Épouse, à ton mari ; » puis pour la concordance
Le Code rédigé par le sexe dit fort,
Voulant avec la Bible observer bon rapport,
Répète avec aplomb la même faribole.
Qui croit à ce beau dire est vraiment trop frivole
Croyant à l'apparence, aveugle pour le fond.
A se faire obéir, ah, l'homme se morfond!
Le mot est dans la Loi : quel moyen donne-t-elle
Pour soumettre au mari la femme trop rebelle
Dont il est le jouet? ces textes et ces mots
Sont pour le malheureux triste source de maux,
De dure servitude en donnant à la femme
Droit à plaintes en l'air, à trop fausse réclame ;

Elle esclave, fi donc! hélas! un beau matin
Satan souffla sur elle un esprit trop malin
Quand flattant son orgueil, lui montrant une pomme
Il lui dit qu'il fallait qu'elle sut dompter l'homme
Et s'égaler à Dieu ; d'éluder son décret
Qu'il avait le moyen, qu'il avait le secret
De faire naître d'Eve aussi la créature
Et que l'homme atteindrait à peine à sa ceinture.
Quoi ! la femme est esclave et le mari tyran!
Le beau sexe s'en plaint à briser le tympan
Et son prétendu maître à l'unisson le crie
Donnant la preuve, ainsi, de sa galanterie;
Nous passons notre vie à nous apitoyer
Sur son pénible sort aimant nous fourvoyer :
Cela seul me rassure, et qui vraiment opprime
Ne fut jamais surpris à plaindre sa victime.
La femme mariée est maîtresse au logis
Souvent cachant le loup sous la peau de brebis.
Le mari n'est tyran si souvent qu'on le pense,
Domina-t-on jamais le Dieu que l'on encense!

En ménage accordons plutôt partage égal
Entre les deux époux, et du bien et du mal.
Le mariage est fait en faveur de la femme ;
Contre lui par malice elle use d'épigramme,
Elle connaît sa force et veut cacher son jeu,
L'amour seul pourrait d'elle en obtenir l'aveu.
Épouse, elle domine et l'enfant et le père ;
La souffrance réelle est pour la fille-mère
Ayant toute la charge et n'ayant que ses doigts
A moins à tous venants d'accorder tristes droits.
On veut la femme libre?.... on la veut voir esclave
D'hommes à leurs plaisirs ne sachant pas d'entrave !
La tutelle est une arme, elle sait s'en servir,
Vouloir l'en affranchir c'est vouloir la trahir !
Libre ! elle est dépendante, à la force est soumise,
Elle est simple femelle, en souffre, se méprise.
Dans l'union légale elle sait s'acculer,
Tenir tête au mari forcé de l'aduler
Et paraître opprimée obtenant assistance
De son sexe et de l'autre en toute résistance

A son maître fâcheux, à ce pauvre tyran
Abandonné des siens et qui vous reste en plan
Triste, seul, isolé, surtout si de l'Eglise
Elle gagne l'appui, s'en sert et l'utilise.

Il est fort dangereux d'exercer un pouvoir
Fictif, il vaudrait mieux cent fois n'en pas avoir.
Aux descendantes d'Eve il faut l'indépendance!
Qu'elles gèrent leurs biens et de l'obéissance
Que le Code demande épargnons leur l'affront :
Elles en font promesse ayant rougeur au front,
Aux lèvres le sourire.... Elles seront soumises
Dès qu'à marcher de pair elles seront admises;
Sous les précautions on étouffe l'amour,
Que l'amour puisse vivre et l'homme aura son tour.
Leur semblant d'esclavage, antithèse mystique,
Trop les couvre d'un voile indécis, fantastique.
Puis faut-il maintenir des liens éternels
Provoquant des désirs trop souvent criminels?

Tous les ans nous voyons dans les feuilles publiques
De drames conjugaux des récits trop tragiques ;
Est-il juste, moral, de forcer deux époux
N'ayant affection, n'ayant pas mêmes goûts,
Sentant s'accumuler entr'eux haine, rancune,
D'habiter même toit, d'avoir couche commune,
De feindre l'amitié, d'être désespérés,
D'être ensemble liés tout étant séparés?
Croit-on que des parents en querelles sans cesse
Vous mettent les enfants en très-grande liesse!

Gardons le mariage et révisons les lois,
Muselons les criards, mettons-les aux abois ;
En amendant le Code aux hommes donnons force,
A la femme raison..... obtenons le divorce.

II

Être orgueilleux et vil, être dégénéré,

Tu deviens lâche et faible et te crois modéré !

Chien couchant, arrogant, injuste envers la femme

Tu remplis pauvre rôle en triste mélodrame ;

Trop timide, trop mou pour te faire obéir,

On te trouve despote assez pour te haïr.

Ton esclave autrefois, sous ta trop rude écorce

La femme au moins aimait ton courage et ta force ;

Mais comme la souris en la patte du chat

Aux mains de ton épouse à la fin du combat

Aujourd'hui tout meurtri trop heureux tu te trouves
Dans ton nom, ton honneur si de tort tu n'éprouves.
Tu restes arriéré quand le siècle a marché :
D'un inutile droit fais vite bon marché;
De ta femme pourquoi ne fais-tu ton égale !
D'un fort sans bastions, allons! ami, détale ;
Montre au moins de l'esprit à défaut de pouvoir,
Mieux vaut parler au cœur qu'obtenir du devoir.

Dumas et Girardin vont trop dans les extrêmes !
On voit se fourvoyer les grands esprits eux-mêmes!
En cas de trahison l'un vous dit de tuer ;
Et l'autre au mariage aime à substituer
Un marché sans vergogne, une espèce de vente :
Avant la livraison un bon contrat de rente
Pour l'enfant qui naîtrait en cet engagement...!
La mère en cette affaire agissant sagement
De préférer ainsi l'acte devant notaire
Aux mots sacramentels dits par Monsieur le Maire.

A la porte en sortant on ne rendra l'argent,
Un jour si du marché l'homme n'est pas content,
Bien qu'il n'ait rien produit pendant la jouissance
Du bail résilié, soit que de la naissance
Il ne soit pas certain ..! Monsieur de Girardin,
Vous pourriez engraisser par trop ce beau jardin ;
Et vous, Monsieur Dumas, au lieu de ce négoce
Négation d'amour, vous êtes si féroce,
A ce point inhumain, vous que je croyais bon,
Que de prêcher la mort pour le péché mignon !

Mille écrits ont paru, mille autres vont paraître :
Une femme a voulu créer un petit être,
Un pauvre petit ange, un adoré poupon
Qu'elle eut gâté, choyé, bercé dans du coton,
Dont malgré son époux elle eut aimé le père..
Ce que le monde appelle un crime d'adultère.
Ce fait si singulier, de grande rareté
En un instant vous a maints auteurs épaté :

L'un pose pour la femme et l'autre défend l'homme,
Chacun avec son ours vous poursuit, vous assomme ;
La question est grave et le cas délicat,
Bien digne d'attirer bon, mauvais avocat.
Je me laisse entraîner et mouton de Panurge,
Oui! contre le silence à mon tour je m'insurge.

Triste position quand on se voit trompé!
A qui sont ces enfants?.... l'on doit être frappé,
Cruellement frappé!.... l'on fut garçon et libre,
Mais on sentait le vide!.. il est certaine fibre
Chez l'homme qui le pousse à chérir, adorer
Une femme et choyer des enfants : comparer,
Voir égal, ah! vraiment! le délit d'adultère
Chez l'homme et chez la femme!.... Oui certes, oui la mère
Attachée au devoir pleure une trahison,
Mais pour se consoler près d'elle à la maison
Elle voit ses enfants, les serre, les embrasse ;
Ah! contre la douleur elle a forte cuirasse!

Sa douleur n'est souvent qu'amour-propre blessé ;
L'amour en mariage, ah ! s'est-il donc glissé
Fréquemment ! S'agit-il d'enchaîner un jeune homme,
Quelle foule d'attraits devant lui l'on dénomme !
Chacun à l'amorcer déploie habileté.
Du temple est il sorti ! prêtre et société,
La mère, les amis ensemble s'associent
Pour briser ces liens d'amour qui par trop lient
La femme à son mari.... La chambre d'un garçon
Est froide, solitaire, il mord à l'hameçon.....
Un glaçon au foyer n'échauffe l'atmosphère,
Mieux vaudrait n'y rien voir qu'un tel calorifère,
Aussi le jour de noce il gagne Charenton
En trouvant de la glace au lieu d'un doux tison.
Déconcerté d'abord, il songe et prend courage,
Les enfants qui viendront égaieront son ménage,
Dissiperont sa peine, ils le sauront aimer,
Cette pensée est douce et sert à le calmer.

—

Atroce découverte, il est trahi, sa femme
Arrachée au devoir par trop ardente flamme
A détruit son espoir, son rêve d'avenir.
A d'autres ses enfants pourraient appartenir!
Tiennent-ils tous de lui? sont-ils les fils du crime!
Comment donc distinguer en ce dédale intime.
Amour, paternité, préparez un linceul!
Au sein de la famille il se voit rester seul!
Seul! à tout jamais seul! Avant, douce espérance
Le berçait de son rêve, une cruelle offense
Lui déchire le cœur; maintenant il lui faut
A vie! être isolé, c'est-là son triste lot.
Seul, toujours être seul ayant une famille
Qu'il ne croit plus à lui; sa cervelle sautille
Sous son crâne brûlant, il sent qu'il devient fou,
Il voudrait être mort, tuer, se venger ou
Même oublier parfois sa femme et qu'il est père
D'enfants qu'il aimait tant! à naissance précaire.....
Par moments il le sent, s'il pouvait pardonner,
Son cœur encore est-là qui semble l'ordonner,

Si tu l'as, cette force, ah, oui! mon fils, pardonne,
C'est le conseil ici que ton père te donne:
Ton bonheur est perdu? prends courage et puis croi,
Tu pleures tes enfants, peut-être ils sont à toi!
Si jeunes! garde-leur les bons soins d'une mère;
Si tu les en privais, regarde, considère
Qui la remplacerait : comment les embrasser
Devenu meurtrier!! Mieux vaudrait la chasser!
L'homme n'a pas le droit d'attenter à la vie
Même d'un grand coupable, ah! jamais ne l'oublie,
Ne donnons pas la mort, car ne pouvant créer,
L'homme ne peut prétendre avoir droit de tuer;
Et monsieur Dumas fils en nous prêchant un crime
S'associe au méfait au lieu d'être sublime.

Fuis aussi le conseil d'Emile Girardin;
Il n'est pas sérieux, l'intérêt féminin,
Un intérêt d'argent paraît-là seul en vue,
Et son livre accepté, la morale est perdue;

Il s'en défend en vain, la prostitution
Se pâme, l'applaudit, son institution
En grand s'établirait, car la femme se donne
Quand l'amour la conduit; quand elle additionne
Le cœur a disparu : trop l'on verrait ainsi
L'honnête femme pauvre et le vice enrichi.

Pourquoi tant s'agiter, pourquoi tout ce tapage
Et tant de mots perdus, gardons le mariage
En le modifiant : la femme à tort se plaint;
Il est vrai, le mari plus qu'elle n'est un saint;
Du Code il faut rayer qu'à l'homme elle est soumise;
Elle croit qu'il est maître et qu'il la tyrannise;
Être faible et hautain elle aime à protester,
Donnons-lui plus de droits...., qu'elle puisse voter !
D'être trop en tutelle, elle se formalise,
Qu'elle gère ses biens et qu'elle réalise
Son rêve d'être libre : elle regrette haut
Que l'homme d'aujourd'hui lui refuse l'impôt,

Si doux à son humeur, de la galanterie;
On tâchait d'adoucir par de l'idolâtrie
Le rôle secondaire où la loi l'enserrait.
De n'être plus la Reine elle subit l'arrêt
Dès qu'à l'homme elle obtient désormais d'être égale,
Vraiment ainsi le veut la raison, la morale,
Et si pour des motifs de grande aversion
Les époux demandaient la séparation,
Il la faudrait réelle et non pas illusoire,
Dans le Code actuel elle est trop désiroire.

III

. . . .

. . . .

. . . .

. . . .

Pour mériter, mon Dieu, du sexe aimable et doux
Des reproches si grands, m'attirer tel courroux,
Qu'ai-je donc fait et dit! Des masses de brochures
Contenant la plupart des attaques trop dures,

Mesdames, contre vous bien vrai m'ont indigné ;
Un gros tas j'en formai, puis je l'ai trépigné.

Oui, vous n'êtes, c'est vrai, vous n'êtes pas meilleures
Que nous, que vos maris ; mais quelles douces heures
Près de vous nous passons ! ah ! soyons indulgents
Pour qui sait procurer ces délirants instants !
Pour qui seul fait et rend notre existence aimable,
Nous accorde, nous donne un bonheur ineffable !
Pour qui sait nous laisser si puissant souvenir
Que vieux notre passé fait rêver avenir !
Nous force d'oublier et douleurs et souffrances !
Ah ! mon esprit, dis donc d'elles ce que tu penses !...
Mélange de bonheur, de trouble et de chagrin.....
Près d'elles que je fus et timide et câlin !
Tout mon sang s'arrêtait, je sentais de ma tête
Dilatée échapper mille vapeurs de fête
Qui les enveloppaient, s'imprégnaient de senteur ;
Le souffle me manquait, j'étouffais de bonheur,

Je me sentais mourir, alors dans tout mon être
Étonné, transformé, tout prêt à disparaître,
Le cœur seul semblait vivre, ardent, battant, brûlant,
Résumant tout le moi, ce moi tout pantelant
De douce émotion ; puis je voyais un ange
M'attirer vers le ciel, me sortir de la fange
Des vices d'ici-bas! Oh! rêves enchanteurs!
Oh! délices si doux et si souvent menteurs
Qui faites que j'adore et j'abhorre la femme
A lui donner torture, à lui donner mon âme!.....
Je voudrais la pétrir et la presser si fort
Qu'on ne puisse trouver apparence de tort
En sa pure enveloppe ; oui! je la hais et l'aime
A tel point, telle force, à ce degré suprême
De la vouloir tuer.... qu'à la voir, l'adorer
Nuit et jour occupé je me plais à rêver.....

Mantes. — Imprimerie H. Robin.

www.ingramcontent.com/pod-product-compliance
Ingram Content Group UK Ltd.
Pitfield, Milton Keynes, MK11 3LW, UK
UKHW020535230726
13925UKWH00005B/2292

9 782013 696609